# *L'enfant sur le toit*

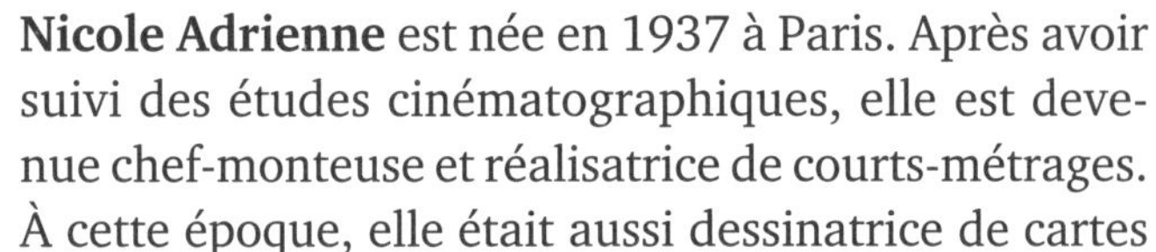

**Nicole Adrienne** est née en 1937 à Paris. Après avoir suivi des études cinématographiques, elle est devenue chef-monteuse et réalisatrice de courts-métrages. À cette époque, elle était aussi dessinatrice de cartes postales et auteur de récits pour les adultes. Elle ne s'est mise à écrire pour les enfants que plus tard. Lorsqu'elle était petite, elle aimait, comme Albano, monter sur le toit de sa maison pour voir le monde d'en haut !

**Béatrice Rodriguez** est née en 1969 à Amiens. Après ses études aux Arts décoratifs de Strasbourg, elle a commencé sa carrière d'illustratrice indépendante, essentiellement pour la jeunesse. Tout en animant un atelier de dessins dans une école primaire, elle illustre de nombreux romans et albums publiés aux éditions Lito, Nathan, Actes Sud Junior et Bayard Jeunesse.

Du même illustrateur dans Bayard Poche :
*Le match d'Alice* (Mes premiers J'aime lire)
*Ma révolution - Trois jours, c'est trop court !* (J'aime lire)


Dépôt légal : octobre 2010
ISBN : 978-2-7470-3374-9
Maquette : Fabienne Vérin
Loi 49-956 du 16 juillet 1949 sur les publications destinées à la jeunesse

# *L'enfant sur le toit*

Une histoire écrite par Nicole Adrienne
illustrée par Béatrice Rodriguez

# 1
# La ville vue d'en haut

Albano grimpe à l'échelle en sautant de barreau en barreau, léger et vif comme un écureuil. En bas, José agrippe des deux mains les montants de l'échelle et lui dit :

– Fais attention ! Il a plu cette nuit, les tuiles sont glissantes. Et, combien de fois je devrai te le répéter, pas si vite !

Albano s'arrête en haut de l'échelle pour regarder son oncle. Tout en bas, celui-ci ressemble à une grosse toupie bleue coiffée d'une tête rouge. Albano hausse les épaules et crie en portugais :

– *Naõ te assustes ! Sou um gato !**

– N'empêche, marche bien comme je t'ai appris, et que je ne sois pas obligé de venir te chercher !

* Cela veut dire : « T'en fais pas ! Je suis un chat ! »

Albano éclate de rire, il sait bien que son oncle José aurait du mal à le rejoindre. Pour le taquiner, Albano grimpe les derniers barreaux en sautillant. L’échelle tressaute à chacun de ses mouvements et les soubresauts se mêlent aux hurlements de son oncle.

Toujours en riant, Albano enjambe la gouttière, se redresse et avance de quelques pas vers le milieu du toit. Il gonfle ses poumons d’air frais et regarde la ville.

Lorsqu'il est en bas, cette ville qu'il habite depuis quelques mois l'effraie un peu. Les belles maisons de pierre referment trop vite leurs portes à son passage. Il comprend mal le français, la langue de ceux qui vivent ici, et il n'en parle encore que quelques mots. Lorsqu'il est là-haut, tout est plus rassurant et plus doux. Sur les toits, parfois, Albano entend une femme chanter. Il se souvient alors du visage de sa mère, de cette époque où il vivait au Portugal.

Depuis la mort de sa mère, Albano travaille avec José, qui l'a amené en France. Mais, malgré la présence de son oncle, il se sent plus seul que jamais.

– Il te faut beaucoup de tuiles ?

Toujours dans son rêve, Albano n'entend pas José. Il regarde en contrebas un enfant de son âge qui court en balançant son cartable.

– Hé… Albano !… Tu m'entends ? Il te faut beaucoup de tuiles ?

Albano se redresse et, d’un coup d’œil rapide, scrute le toit :

– Un seau tout plein ! dit-il en se rapprochant de l’échelle et de son système de poulie.

En bas, son oncle équilibre les tuiles dans le seau, saisit la corde et tire. Le chargement s’élève en se balançant un peu, fait grincer la poulie, atteint le niveau de la gouttière…

Albano le saisit, décharge les tuiles puis raccroche le seau vide au crochet.

José laisse glisser la corde entre ses mains. Le seau descend en ligne droite et cogne contre le sol.

– Tu peux te débrouiller tout seul ? crie José.

Albano le rassure d'un geste de la main.

– Je t'attends au café avec les copains ! ajoute José.

Albano enlève les tuiles cassées, les entasse dans son sac puis les remplace par des neuves qu'il ajuste autour de la cheminée. Il s'assure en marchant dessus qu'elles sont parfaitement emboîtées.

Son travail accompli, il se redresse comme il l'a appris et marche sur le faîte du toit, un pied sur chaque versant. Puis il s'assied à califourchon et ferme les yeux.

# 2
# Les copains de José

Albano écoute le bruissement du vent dans les platanes qui bordent l'avenue, le chant des oiseaux. Il tente de les imiter et un pigeon surpris s'envole avec un doux bruit de gorge. Le soir, les hirondelles tracent de longues courbes dans le bleu du ciel, le bec ouvert en quête d'insectes.

Albano sort de sa rêverie. Il pense à José qui doit s'impatienter à l'approche du déjeuner.

Il revient à quatre pattes vers le bord du toit, s'accroche à la gouttière et s'amuse à regarder les automobiles qui s'activent à l'approche de midi. On dirait des jouets. L'une d'elles, surtout, plaît beaucoup à Albano. José lui a dit que c'était une DS*. Vue d'en haut, il suffirait d'ajouter des ailes à son nez pointu pour qu'elle s'envole.

* Voiture des années soixante, époque à laquelle se passe cette histoire.

Sur le trottoir, les enfants courent en désordre depuis la sortie de l'école jusqu'à des adultes qui les prennent par la main. Albano les imagine racontant leur matinée : le travail, mais surtout les jeux avec les copains.

Il se voit au Portugal, quand sa mère venait le chercher, lui aussi, après la classe.

Il descend les échelons en sautillant, avant de jeter le sac de débris et de bondir de plus d'un mètre sur le sol... aux pieds de José ! Il ne l'a pas vu se faufiler entre les voitures avec des gestes furieux pour lui faire ralentir l'allure.

José est fâché :

– Je t’ai déjà dit de descendre lentement, de ne pas sauter et de ne pas jeter le sac de si haut. Tu peux blesser quelqu’un. Et puis ce n’est pas parce que tu es mon neveu que tu dois me faire attendre. Allez, ouste !

José saisit Albano par le bras pour lui faire traverser la rue et l’entraîne vers le comptoir où deux hommes vêtus de bleus sirotent leur café.

– Salut, bonhomme, dit l’un d’eux, tu veux boire quelque chose avec nous ?

Albano n'a pas tout compris, il hoche la tête et se rapproche de son oncle.

– Tu es bien timide ! dit l'homme à Albano. Dis donc, José, toi qui es célibataire, ça doit te changer de t'occuper d'un gosse !

– Je me sens responsable de lui, et puis mes soirées sont moins longues.

L'homme sourit en se penchant vers l'enfant puis demande à José :

– Tu l'as connu quand il était petit ?

– J’allais les voir, lui et sa mère, aux vacances. Après, elle a eu cet accident. Le petit s’est retrouvé orphelin, je l’ai ramené ici. On ne s’était pas vus souvent, c’est vrai. Mais on s’entend bien.

José continue à discuter avec ses compagnons. Caché dans le dos de son oncle, Albano écoute leur dialogue aux phrases trop rapides, il saisit au passage quelques mots de portugais qui le rassurent. Il aime bien leurs voix et cette odeur de fumée qui se dégage de leurs bleus tachés de suie.

Son oncle le ramène au centre du groupe :

– Si vous voulez un acrobate, vous pouvez me l'emprunter, ce jeune homme se faufile dans les coins les plus difficiles.

Albano se redresse pour paraître ce « jeune homme » dont vient de parler son oncle.

– C'est un gosse, dit l'un des hommes. Il devrait être à l'école plutôt que sur les toits.

José est gêné. Il répond :

– Il aurait bien trop de mal. À cause de la langue.

– Il s'y ferait mieux que nous, il est jeune. Bon, José, il faut qu'on te laisse, on retourne au boulot.

Albano et son oncle sortent du café :

– Allez, *rapaz**, on y va.

Albano grimpe à l'arrière de la camionnette, à sa place habituelle. Trois jeunes filles vêtues à la mode passent en riant. Albano a l'impression qu'elles se moquent de lui.

* Cela veut dire : « bonhomme » en portugais.

# 3
# Thomas et son chat

Albano vient de finir la vaisselle, c'était son tour, ce soir. Il pose le torchon sur la barre, quitte la cuisine et passe devant le canapé où José somnole.

– Tu ne regardes pas le match avec moi ? dit José en ouvrant un œil.

– Non, je vais me coucher.

– Tu as raison, mon gars, demain on commence tôt, alors, dors bien.

Albano franchit l'escalier et court jusqu'à sa chambre, une petite pièce au dernier étage de l'immeuble, avec une lucarne sur la pente du toit. Il ouvre le vasistas, s'agrippe au rebord et, à la force des bras, se hisse sur le toit. Il referme la vitre et coince l'ouverture avec un morceau de tuile.

À cette heure, les lumières s'allument et les fenêtres creusent les façades de rectangles aux lueurs variées. La ville murmure avant de s'endormir.

Albano marche en chaussettes sur les tuiles pour ne pas éveiller l'attention de la jeune femme qui occupe la chambre voisine de la sienne ; elle regarde une émission télévisée. Albano s'éloigne et va s'adosser à la cheminée d'un immeuble voisin.

Aussitôt, il entend une conversation :

– Thomas, arrête de jouer avec ton chat et fais tes devoirs. Ton père va rentrer pour dîner, il va être furieux si tu n'as pas travaillé. Allez, je descends le chat à l'appartement !

– Oh non, Maman ! Laisse-le avec moi, il est très sage et j'aime bien qu'il reste assis sur mon bureau pendant que je travaille.

– Je t'ai vu l'amuser avec ton stylo ! dit la maman.

– Je vais travailler, je te promets. Laisse-le-moi.

Un claquement de porte met fin à la discussion. En se retournant, Albano réalise que les voix viennent d'une lucarne entrouverte sur la pente d'un toit voisin.

Il rampe avec précaution et regarde à l'intérieur de la pièce. Un garçon de son âge tourne les pages d'un livre de classe. Un chat assis sur le bureau lève le museau en miaulant et aussitôt l'écolier suit son regard.

Albano n'a pas le temps de se cacher. Déjà, le garçon sort la tête et l'appelle :

– Oh, ne te sauve pas ! Qu'est-ce que tu fais là ?

Albano ne voit de l'enfant que les yeux, le front, une chevelure en bataille et une main qui sort du vasistas. Des miaulements accompagnent son geste.

– C'est mon chat qui t'a vu. Il est obsédé par Clara, la chatte que ma grand-mère vient d'adopter. Je m'appelle Thomas. Et toi ?

– Je suis Albano.

– C’est un drôle de nom ! Il faudra que tu m’apprennes à marcher comme tu sais le faire, j’aimerais bien venir avec toi. Tu vas où, à l’école ? Je ne t’ai jamais vu dans le quartier.

Les mots s’embrouillent dans la tête d’Albano, il répond sans trop savoir :

– Je suis chez mon oncle. Je l’aide. On est du Portugal.

– C’est pour ça que tu as un accent ! J’entends quelqu’un qui monte, il faut que j’aie l’air de faire mes devoirs. Reviens quand tu veux.

Albano recule un peu quand il entend un bruit de porte qui s'ouvre. Thomas a refermé ses livres et se lève pour embrasser son père. Il s'éloigne en emportant son chat qui miaule toujours, le cou tendu vers la lucarne. Puis Thomas sort de la pièce en éteignant la lumière.

Albano retourne à quatre pattes vers sa chambre.

# 4
# Clara

Albano avale son bol de café au lait en se brûlant parce que José lui a dit de se presser.

– Il y a un problème dans une cheminée au 27, rue de la République. C’est tout près, on va commencer par là. Au deuxième, chez une dame, elle s’appelle madame Derieux.

Albano se lance derrière son oncle et claque la porte du palier.

José gare la camionnette puis Albano descend avec les câbles autour de l'épaule et une petite échelle à bout de bras. Au second, juste après avoir sonné, José recommande à Albano :

– Fais attention de ne rien casser.

Une dame à la chevelure blanche toute frisée et vêtue d'une robe élégante apparaît dans l'entrebâillement de la porte palière. José se présente :

– Bonjour, madame Derieux, je suis monsieur Da Silva, je viens pour la cheminée !

Un chat roux profite de ce que la porte est ouverte pour s'échapper. Albano le rattrape de justesse.

– Tu es plus rapide que moi, mon petit, merci, dit la dame en s'emparant du chat qui se débat comme un ressort.

La dame maintient contre son épaule la boule de poils roux qui miaule d'impatience.

– Je suis allée la chercher au refuge la semaine dernière, c'est une chatte, elle s'appelle Clara. Elle veut toujours aller retrouver le chat de mon petit-fils, qui habite au-dessus.

À ce moment, un garçon arrive sur le palier et lance :

– Bonjour, Grand-Mère !

– Oh, Thomas ! s'écrie Albano.

La dame les regarde tous les deux en souriant :

– Vous êtes dans la même école ?

– Non, mais on se connaît, dit Thomas en donnant au passage une bourrade à Albano. À ce soir, Grand-Mère !

– À ce soir mon chéri, dit la dame.

Puis elle se retourne vers Albano :

– Tu es dans une autre école ?

– Non, ment José, il est en apprentissage, il a quatorze ans.

– Quatorze ans ? Je n'aurais pas cru. Tu ne voulais plus aller à l'école ?

Albano ne répond pas. Il reste figé au milieu de l'entrée. José met fin à la conversation en se dirigeant vers le salon et en soulevant le tablier métallique de la cheminée. Il se penche pour regarder dans le conduit.

– Quelque chose s'est coincé au moment des grands vents, ce n'est pas bien haut, le gosse va grimper voir.

José appelle Albano :

– Alors, tu viens ?

Albano saisit l'échelle et démarre en trombe. Il cogne le chambranle de la porte et manque une lampe de justesse. José le saisit par le bras pour l'arrêter.

En roulant des yeux il lui indique sévèrement ce qu'il doit faire :

– Pose l'échelle à l'intérieur de la cheminée et prends la torche pour mieux voir. Tu mettras les débris dans le sac.

Un peu plus tard, José demande à Albano :

– Alors, tu y arrives ?

– *Sim**, répond Albano.

Il enlève les déchets qui encombrent le conduit. Chaque geste décolle de la paroi une pluie de cendres qui poudrent ses cheveux, ses épaules…

Quand il ressort, Albano est couvert de suie comme un petit ramoneur des temps anciens.

– Tu veux te laver, mon garçon ? propose la dame.

* Cela veut dire : « oui » en portugais.

José l'interrompt :

– Ne vous inquiétez pas, on a l'habitude. Au revoir, Madame ! Je mettrai la facture dans votre boîte aux lettres.

Albano marche devant José, tête baissée, un peu honteux de sa saleté dans ce bel appartement.

– Reviens me voir avec Thomas puisque tu le connais, lance madame Derieux.

Dans la rue, José est soulagé d'avoir échappé à cette dame qui pose trop de questions.

Albano, lui, s'ébroue comme un petit chien avant de grimper dans la camionnette.

# 5
# Au secours !

Albano arrête la sonnerie du réveil du plat de la main et se lève. Il se souvient qu'on est samedi, qu'il ne travaille pas et que José aime faire la grasse matinée. Il se recouche sans envie. Les bras derrière la nuque, il contemple le carré de ciel au-delà de la lucarne.

Au bout de quelques minutes, il n'y tient plus, il enfile son pantalon et grimpe sur le toit. Il a décidé de rejoindre Thomas pour parler un peu avec lui et se dirige vers le vasistas. Mais la pièce est vide.

Désœuvré, il revient s'adosser à la cheminée lorsqu'il entend une plainte, un miaulement timide, comme une toute petite voix qui dirait : « J'ai peur ! » Il se retourne et aperçoit Clara qui gémit, coincée entre les poteries d'une cheminée voisine.

Albano rampe vers elle, mais son mouvement effraie la petite chatte qui recule sans prendre garde au vide. Suspendue par ses deux pattes avant, elle s'épuise à miauler de détresse.

Albano passe un bras autour de la cheminée. De l'autre, il saisit la chatte par la nuque et il la tire à lui pour lui faire lâcher prise. La petite chatte n'est plus qu'un ressort de griffes et de muscles autour d'un cœur qui bat très fort. Albano l'enferme dans la veste de son pyjama. La chatte, calmée, se blottit contre lui. Il regagne sa chambre et descend réveiller José.

– Regarde ce que j'ai trouvé sur le toit !

– On est samedi, Albano, laisse-moi dormir.

– C'est Clara, la chatte de la grand-mère de Thomas.

– Qu’est-ce que tu faisais sur le toit ? Je vais m’habiller, on va la lui rapporter.

Albano pose la petite chatte pétrifiée sur la table devant une soucoupe de lait. José est de retour dans la cuisine et referme la porte derrière lui. La chatte se recroqueville aussitôt avec un regard affolé.

– Allez, enfile ton blouson, dit José, allons-y tout de suite !

Albano met la chatte dans son blouson et en remonte la fermeture Éclair. Il doit presque courir pour suivre son oncle qui marche d'un pas vif. En quelques minutes, ils arrivent à l'immeuble de madame Derieux. Ils grimpent les deux étages et sonnent. La dame ouvre avec un peu de méfiance.

José la rassure :

– Bonjour, Madame, je suis le couvreur qui est venu hier pour votre cheminée. Ce matin, mon neveu a récupéré votre petite chatte sur le toit de notre immeuble.

Madame Derieux s'excuse de les recevoir en robe de chambre et s'empare de Clara.

– Sur votre toit ? Ça, par exemple ! Clara a dû filer sans que je m'en aperçoive. Mais entrez, dit-elle en refermant la porte. Venez boire un café dans la cuisine. Je te remercie, mon petit.

José et Albano suivent madame Derieux dans la cuisine. Elle les prie de s'asseoir puis demande à José :

– Ainsi, c'est votre neveu ?

– Oui, il m'aide beaucoup.

– J'en suis certaine.

Madame Derieux pose les tasses et la cafetière, s'assied à son tour puis ajoute :

– Dites-moi, monsieur Da Silva, c'est un enfant. Il ne devrait pas travailler, mais aller en classe avec des petits de son âge.

– Ma sœur me l'a confié. Elle est morte. J'ai promis de veiller sur lui comme sur mon fils. Alors, il reste avec moi.

– Je vous comprends, mais les choses changent… Aujourd'hui, un enfant doit aller en classe, quel que soit son futur métier. Vous ne croyez pas ?

José reste pensif puis marmonne :

– On me l'a déjà dit…

À ce moment, Clara saute des quatre pattes sur la table et arrête la conversation. Madame Derieux l'enlève.

– Ah non, Clara, ça ne se fait pas !

La petite chatte gigote tant qu'elle lui échappe et, d'un bond, s'installe sur les épaules d'Albano.

Clara paraît si satisfaite de son exploit que tous les trois éclatent de rire.

– Décidément, mon garçon, c'est toi qu'elle préfère ! Si ton oncle t'inscrit à la même école que Thomas, tu pourras revenir me voir avec lui. Clara sera contente.

José se tourne vers son neveu. Il hésite un peu et lui demande :

– Ça te plairait d'aller à l'école ?

– Oui ! répond Albano.

Et il pose un petit baiser sur le museau de la chatte.

Achevé d'imprimer en septembre 2010 par Pollina S.A.
85400 LUÇON - N° Impression : L54456A
Imprimé en France